AF219117

Herstellung und Verlag: BoD – Books on Demand,
Norderstedt
ISBN: 9783754340936

Christian Hofmann

Rahmenglück

Inhaltsverzeichnis:

Kapitel 1: Stellen-Glück

Stellen-Glück
Meine Galaxie

„Guten Morgen"-Lieder
Blog an Gott – Bedrängnis

Hardstyle am Abgrund
Training

So viel
Dosis

90's
Vernarbt

Stellen-Glück

Die Sonne scheint vorm Haus –
Schimmernd in das Strauchgewächs hinein
Gedanken holen mich ein,
sie ziehen mich in eine andere Zeit

Erinnerungen blühen auf
Tage längst vergessener Bilder –
Mein Gefühl, gleicht einem Wein,
ein gereifter, doch – sanft, ein milder

Es ist ein fruchtiger Tropfen
Vollmundig ist der Augenblick
Lang vergessene Tage, sie füllen –
Das Hier mit Stellen-Glück!

Alte Momente dringen hindurch
Durch das gewohnte – Tages Grau
Nun scheint bei mir die Sonne auch,
unter dem ach so trüben Seelen-mau

Und zumindest für einen –
Für diesen kurzen Moment
Da flackern Gefühle meiner Seele auf

Eine Vertrautheit,
die beim Leuchten des Feuers brennt

Gefühle kann uns niemand nehmen
Auch nicht in der schlechtesten Lage
Sie sind und bleiben uns erhalten –
So wundervolle, erlebte Tage

Auch wenn die Luft gerade dünne ist –
Und mein Atem eingeschnürt,
dieser sonnige Moment, er hat tief in mir –
Unter den Trümmern, dem Ballast,
doch mein Herz berührt!

All die schönen Momente in meinem Leben
Waren sie auch eher – rar und selten!
Ich erhalte sie in meiner Erinnerung,
all die farbig/verblassten und auch die,
schon längst vergilbten!

Meine Galaxie

Meine Dimension
Meine Galaxie –
Mit den Wörtern möchte ich dichten
Ich lebe schon lange die Poesie

Es ist eine schon, würde ich sagen –
Ja, eine magische Verbundenheit
Schreibe ich doch nun, eine schon –
Sehr, sehr lange Zeit

In der Häufigkeit, all dieser recht
Einsamen und trüben Stunden –
Waren wir wie Reisende,
waren wie; Zwei die suchten und haben
gefunden!

Seit dem Zusammenschluss –
Drehen wir schon so viele Runden
Haben auch stets viel verloren!
Doch immer wieder aufs Neue auch
gefunden!

Auch dabei – uns inbegriffen!
Solange wir doch leben, so entdecken
wir uns neu! Kommt es mir vor wie gestern
erst, doch sind schon 15 Jahre heut´!

So weiß ich nun bei allem –
Der Erfolg ist keine Treppe, der Erfolg ist
auch keine Tür, durch die man einfach so
hindurchgeht!
Erfolg ist auch stolperfreier gerader feiner
ebener Weg!

Er ist zu erreichen, in dem Umwege baut
und selbstgeschlagene Brücken überquert –
Um die Hindernisse zu passieren, welche
den Weg doch erheblich erschweren!

Erfolg ist auch Geduld!
Ausdauer!
Einen langen Atem zu haben!
Der erste Schritt des Erfolges, er ist der
Wichtigste!
Für den Versuch, diesen Schritt überhaupt
gesetzt zu haben!

Willst du deinen Traum,
dir aufbauen –
So solltest du neben den Ideen –
Und neben den Visionen, es dir selbst
auch zutrauen!

Raus aus dem Elend!
Mit Hilfe von Sprache und Wort!
Ziehe los, setze deine Schritte, um
anzukommen an deinem sehnlichsten Ort!

„Guten Morgen"-Lieder

Wieder einmal sitze ich
Im Wartebereich vom Waschsalon
Schreibe neue Lyrik, eine Art –
Eine Form – lustiger Song –

Dieser handelt doch gleich –
Vom geliebten Frühaufstehen!
So herrlich kann doch,
ein Tag losgehen!

Man kann dieses Liedchen –
Lieben oder hassen,
gar nachempfinden –
Meine Lyrik, die ich hier verfasse!

Es gibt doch wahrlich –
Kein schöneres Gefühl,
als morgens aufzustehen –
In aller Herrgottsfrüh'

Herrlich schön und fein
Aus dem wohltuenden Schlaf gerissen!
Frustriert, deprimiert – also mit „bester
Laune" auf den Weg zur Arbeit müssen!

Auf diesem Weg könnte man kotzen –
Am Tag das erste Mal!
Ist sie nicht berauschend, diese Euphorie –
Welch geniale Arbeitsmoral!?

Vor Freude und vor Glück, könnte man
springen allzu im Dreieck!
Ärgernis und Unmut, sind nicht mehr weit!
Willkommen bei der Arbeit,
im Geschehen deiner Tageszeit!

Und im Radio, auf der tollen entspannten
Fahrt, da kannst du „Guten Morgen"-
Lieder hören! Was kann denn nu noch, die
Tageslaune betrüben oder zerstören!?

Und mittendrin,
da bricht dann doch – der Ernst!
Er reißt ein Loch –
Entfernt doch, weit von aller Witzigkeit!

Blog an Gott – Bedrängnis

Bitte lieber Gott –
Ich weiß bei allem Verständnis
Es gibt Menschen in höchster Not
Und auch in Bedrängnis!

Doch auch meine Lebenslage aktuell,
sie ist wie ein Gefängnis!

Sie schnürt mich ein, sie drückt mir –
Meine Kehle zu!
Wenn mir einer helfen kann,
dann bist es doch nur du!

Bitte lieber Gott,
ich weiß nicht mehr weiter!
Bitte lieber Gott,
bei all meinen Fehlern, all meinem
Scheitern!

Ja ich weiß, ich bin selbst schuld –
An allem wie es ist!
Aber ist auch so schwer zu ertragen,
wie es in mir, an allem frisst!

Warum ist mein Leben –
Denn so wie es ist!?
Frust, Schmerz und Qual!
Lebensfreude, die gestorben ist!

An manchen Tagen –
Da fehlt mir die Kraft, ein Gefühl –
Als ob mich das Leben,
nur so dahin rafft!

Hardstyle am Abgrund

Morgens wenn ich erwach
Bin ich schon im Arsch!
Mein Leben ist mir geradewegs –
Aus den Fugen geraten!

Ich schaue in den Spiegel
Dort sehe ich in mein Gesicht!
Hoffnungslose Leere –
Erlöscht ist das Licht!

Von den Menschen getäuscht
Von dem Leben enttäuscht –
Berufung, welche sie nicht ansehen,
denn ich verdien' keine Knete!

Ich habe Schmerzen auf der Lunge!
Ich atme ein und atme aus
An so schweren Tagen –
Man! Da halte ich es nicht mehr aus!

Nur noch Schmerz und Leid
Dies nehme ich wahr!
Muskeln krampfen, Nerven kribbeln
Mein Körper schlägt lange schon Alarm!

Doch verdammt nochmal!
Was will ich denn tun!?
Anstatt positive Zeilen kommen nun –
Sie mit ihrer Altersarmut! Ach komm!
Nee man, ist echt gut!

Ich habe echt einen Hass und Groll
Auf dieses ganze System!
Für alle die, die sich immer fragen;
„Wie DEpressionen denn entstehen"!?

DEpressionen sind bei mir –
Einst entstanden –
Auf all den Wegen mit Druck und Ballast –
Diese bin ich gegangen!

An manchen Tagen, da fehlt mir die Kraft!
Mir kommt es vor, als mein Leben dahinrafft!
Ich gehe echt „Hardstyle" am Abgrund –
Einsamer Krieger, ruheloser, treibender
Vagabund!

Meine Lunge sie fetzt!
Monate lang schon der Schmerz!
Seele ist vollkommen im Arsch!
Trage Löcher im Herz!

Nach gähnender Leere und auch,
langzurückgelegter Durststrecke –
Da droht mir des Untergangs harter Grund
Doch in ruhigen Momenten sage ich mir;
„Ach, scheißegal – weiter geht's immer, ja
und"!?

An dem wie es ist,
bin ich doch auch selbst schuld!
Immer wieder platzt mein Inneres
An der verschissenen Ungeduld!

Training

Immer wieder verfalle ich –
In diesen „Heulzustand"!
Analyse, Ärger und Enttäuschung –
Lösung zur Änderung ist mir, leider
weder ersichtlich noch wohlbekannt!

Würde ich Menschen erzählen,
wie es mir geht, die würden schreien!
Schmerzen auszuhalten, jahrelang –
Mein Training – therapeutisches Schreiben!

Es ist schon wahnsinnig –
Ich, als auch der Teil der Lösung zu sein!
Aber auch ich, als vertrauter Feind –
An meiner eigenen Seite vereint!

Würde ich dies wohl versuchen zu erklären –
Würde mich keiner verstehen!
Also bleibt mal wieder nur – Ergründen,
noch tiefer in mein Inneres sehen!
Abgestempelt als DEPRESSIV!
So auch ist es diagnostiziert!
Im Grunde, weil ich halt ich bin –
Und dies wird nicht akzeptiert!

So stecke ich vieles ein
Man könnte denken ich sei –
„Hart wie Stein", doch die Wahrheit in
Wirklichkeit, wird eine andere sein!

So verbringe ich Minuten, Stunden –
Mit dem Schreiben am Tag!
Weil ich anders nicht mehr kann!
Weil ich es anders nicht mehr ertrag'!

Immer diese verkrampfte Haltung
   -   Am Leben sein –
Was man wirklich fühlt, wie man leidet
   -   Was wissen sie von ei'm!?

So viel

So viele Menschen
So viele Leben
So viel spricht dafür –
Ebenso viel dagegen!
So viele Gedanken
So viele Ideen
Die Leben vergehen
Die Leben entstehen

Was bin ich im Ganzen!?
Was bezwecke ich!?
Ein Lebensgeist –
Ein Lebenslicht!
Chancen kommen
Chancen gehen
Los! Lauf weiter!
Bleib niemals stehen!

Wo steckt der Sinn!?
Ergibt es denn einen!?
Ich frage zu viel –
So ist es mir am Erscheinen!
Tag und Nacht, dunkel und hell
Mal ewig lange, mal viel zu schnell!

Dosis

Mich zerfetzen äußere Einflüsse
Sie provozieren, demolieren, demontieren –
Die Euphorie all meiner siegesgewillten
Gedankenergüsse!
Sie schießen und ballern ohne Gnade –
Immer auf mich! Von außen bis tief in mein
Innerstes – Stehen bleiben, dies der Sieg
eines Gewinners ist!

Doch die Dosis ist manchmal echt hart!
Preis des Lebens, den man bezahlt!
Schon immer am Rande des Abgrunds –
ganz allein gestanden!
Diese Bedrängnis fördert die Kraft meines
Willens –
So muss ich mich an dieser Stelle doch mal,
bei all meinen Feinden bedanken!
Schnürt die Schnalle noch enger!
Drückt mir die Kehle zu!
Ich werde noch stärker, beiße noch härter –
Ich ballere zurück mit jedem Atemzug!
Bewege mich immer noch zwischen Schatten
und Licht, es ist die Dosis, die Fülle – eines
hat meistens Übergewicht!

90's

Paar CD's in den Rucksack rein
Und'n paar Cassetten-Tapes
Auch Controller und Memory-Card
Plus die Auswahl von Videogames!

Dazu auch Fußballhandschuhe, so gings los!
Wir ham' gebolzt in unseren `95ern –
SGE&BVB-Trikots!
Samstagabends dann immer Top-Spiel,
1.Liga!
Einmal back in the 90's! Geil war die Zeit,
dazu all die vertrauten Lieder!

Man, spielten alles von A – Z!
Action+Adventure, Jump'n`Run!
Unbeschwerte Zeit – unvergessen
Playzone, play-fun!
Fußballmagazine, Fußballbilder,
Autogrammkarten, Sticker und Poster an den
Wänden, Schule aus – Spiel „starten"!

Mancher Fußballtransfer, zum Fassen zu
schwer, wie manche Videospiele auch, sie
brachten ein „Oouuhhh" ins Gesicht!
Erstaunt über Report und Lagebericht

Vernarbt

Sie nahmen mir –
Bei all meinen Träume ich die hatte –
Jede Hoffnung, so wie beim Wunsch,
mal `ne 1 zu haben in Mathe!
Jegliche Träume die ich auch träumte –
Die haben sie mir zerredet!
Heute stellen mir die Leute fragen, warum
ich so depressiv, pessimistisch und
niedergeschlagen mein Leben lebe!?

Ich hab's damals nicht gewusst –
Denn es schlummerte mein Verstand!
Doch ich war anders schon,
seit der ersten Stunde an!
35 Jahre nun auf den Weg gebracht!
Trotz zahlreicher Fehlschläge – immer und
immer wieder weiter gemacht!
Angeschlagen, untergegangen, aufgeprallt –
Aufgestanden und von neu angefangen!

Entzündete Wunden – aus schmerzhaften
Stunden! Es war sündhaft teuer, viel
draufgelegt – sehr viel bezahlt! Schnitte auf
Herz und Seele, es ist alles vernarbt!

Kapitel 2: Morgen kommt

Morgen kommt
Sonniger Tag

Rahmenglück
Die tanzende Ente (Kindertext)

Seelenglück
~TAPAS&CO~

Im Berufsbild
Weiter als der Horizont

In allem was endet/Neuanfang
Auseinanderfall

Auf Tour
Ungerade

Morgen kommt

Bei aller Schwierigkeit
In aller Härte jeder Zeit
Wenn der LKW erstmal rollt –
Sei dir gewiss, ein neuer Morgen kommt!
Bei aller Schwere der Not
Land in Sicht, alles im Lot!
Der Affe im Gehege, der da tollt –
Amen! Ein neuer Morgen er kommt!

Weltuntergangstheorien
Ausgelutschte Lügen wie nie!
Der Beamte, der mit „Auge zu" zollt –
#Hasch-Tag! Paranoia Morgen der kommt!
In der Kürze liegt die Würze
Die Luft duftet voller Fürze!
Der Arsch, der mit Luft überquollt
Bahn-frei! Darm rein, der Morgen der
kommt!

Fliegenschiss + Taubendreck in Berlin-Mitte
Einmal mehr verwendet die Allzweckmittel!
Partypeople tragen Ketten aus Gold –
Versiffter und versoffener Morgen, der
kommt!

Sonniger Tag

Weit weg von
Schlamm und Scheiße
Entfernt von der,
falschen Art und Weise!

Ein Sonniger Tag heute –
Keine Zeit, dass schlechte Gedanken nach
oben aufsteigen
Die Sonne am Himmel,
sie wird mir immer das Zeichen des Lichtes
zeigen!

Kommen auch manchmal Fragen
Kommen auch manchmal Zweifel –
Dinge mir zu viel sind und die ich,
einfach mit dem Geiste nicht begreife!

Wo ist die Zeit nur hin?
Was ist von allem geblieben?
Voller Hass infiziertes Herz –
Es kämpft in dunkelsten Stunden für seinen
Frieden!

Rahmenglück

Ein Tag der so,
schön und unendlich wertvoll erschien
Er ist in Anbetracht seiner Erinnerung –
Doch nur ein kleiner Sandkorn der Zeit
Sichtbar und greifbar – verteilt und liegend
am warmen und sanften Meeresstrand

So halte ich diese Momente fest –
Welche das Leben mir beschert
Beschrieben zur Aufbewahrung, für jenen
wiederkehrenden Einblick ins –
„Rahmenglück"

Gefühle die entstehen, wie das
Meeresrauschen –
Erinnerungen die wie die Flammen eines
entfachten Feuers schlagen,
noch tiefer möchte ich doch eintauchen
Dortbleiben und mich dort befinden –
Für noch so lange wundervolle Tage!

All meine Schätze, die kostbaren
Augenblicke mit keinem Geld, keinem
Diamanten zu ersetzen! Für all das Glück, all
jene Gefühle, das Erlebte, das Beste vom
Leben –
Es kann mir in schwierigsten Zeiten, doch all
die Berge versetzen!

Die tanzende Ente (Kindertext)

Bei allem Spielzeug in der Stube –
Und den Kindesliedern wie etwa
„Das Häschen in der Grube" und neben
anderen Kleinigkeiten mit
Erinnerungsmomenten – da gibt es noch
jene, diese tanzende Ente!

Zu jeder Spielstunde wird ihr Knopf gedrückt
Und dann tanzt die Ente, es wackelt der
Kopf, die Flossen – die ganze Ente „wie
verrückt"!

Doch zu oft wohl schon musste sie tanzen
Ihre „Schenkelartigen" Flossen bewegen
Nun steht sie still, ertönt zwar noch die
Melodie, doch sich bewegen, sie nicht mehr
will!

Die tanzende Ente, sie tanzt nicht mehr!
Der tanzenden Ente ihr Akku, er ist leer!
Der tanzenden Ente, fällt das Tanzen schwer
Die Ente sie hat ausgetanzt –
Nein, die Ente – sie tanzt nicht mehr!

Seelenglück

Da ist kein Platz für schlechte Laune!
Ich will heute das reine Seelenglück!
Ich reiße das Ruder herum –
Wenn's sein muss, krempele ich auch den
ganzen Laden um!

Ich entfernte negative Bahnen
Lass Positives strömen!
Ich will ein Lachen aus Freude,
kein Geheule möchte ich hören!

Ich trete mir selbst in meinen Arsch –
Wenn ich nicht vorankomme!
Ich laufe, ich schlafe nicht eher ein –
Bevor ich nicht die Sonne sehe!

Heute zählt nur das Seelenglück!
Jeder Moment, jedes Stück des Augenblicks!
Geradewegs zum Regenbogen hin!
Entfernt dem depressiven Lebenssinn!

Seelenglück, Seelenglück
Los komm! Verzaubere mich
Nimm mich mit, für des Tages Glück!

~TAPAS&CO~

Ich sitze hier im ~TAPAS&CO~
Mit einem Kaffee vor mir
Und da liegt zum Beschreiben,
mit meinem ~LAMY~ weißes Papier

Diese Kombination ist immer wieder
So herrlich und so fein
Die Feder streicht übers Blatt
Festgehalten wird so mancher Reim!

Reime von mir und auch –
Somit aus meinem Leben,
von - Marburg an der Lahn -
In diesen Sommertagen, bei sanftem Regen!

Zu einem guten Text gehört für mich –
Unumgänglich der Kaffee dazu
Mein geliebtes Marburg,
meine Heimat, die bist du!

Hier gibt's auch noch so viele Leckereien,
in diesem Cafe-Bistro
Tiramisu und Cocktails –
Cola mit Bier oder Limo!

Und gegenüber, von meinem Platz
Wandert mein Blick auf die Uhr
Ich nehme den Moment wahr –
Bewusst genieße ich ihn pur!

Und so wie doch auch,
hier die Zeit verfliegt –
So mein Füller in der Hand,
seine Linien zieht

Im Berufsbild

Nach dem eigenen Versagen
Und nach allem Scheitern, das Ertragen
Ein freundliches Lächeln im Gesicht, stehen
zu haben, dies doch bewahren!

Zwei abgeschlossene Ausbildungen
Im Sinne von meinem Berufsbild –
Meine Jobs, meine Arbeit, was ich kann,
ich aber doch nicht wirklich will!

Die wahre Berufung, sie ruft!
Sie kennt keine Pause am Tag!
Sie ist da, sie will raus –
Sie raubt mir den Schlaf!

In meiner Arbeitslosigkeit –
War meine Perfomance ist Bestform!
An die 20 Bücher geschrieben
Das ist keine DIN, das ist enorm!

Das Leben spielt mir den Steilpass!
Ich nehme an und verwandele dies zu das!
Auch dies halte ich fest im „Rahmenglück"
Geht's mir mal nicht so gut, blicke ich in
dieses Buch zurück!

Ich habe einen Traum!
Und ich bleibe an ihm dran!
Ich schreibe dran, weil ich schreiben kann!
Ich bin „schreibkrank"!

Ich bin ein Schreibjunkie!
Vitamin - A B C D E -
Ich träume mich durch das Alphabet!
Bis ich endlich, auf der Bühne meines Lebens
steh'!

Weiter als der Horizont

Meine Texte sie blieben übrig –
Aus all meinen Träumen!
Nun verbreiten sie für euch,
übergreifend:
Emotionen und Euphorie in aller Freude!

Wichtig ist es doch stets,
Träume für sich zu behalten –
Doch jene, manche, meine, diese
Sie müssen raus, um sich schöner, freier zu
bewegen und zu entfalten!

Getragen vom Gefühl, sanft und so
federleicht
Weiter als der Horizont, ferner als das Auge
reicht

Schwer einzufangen,
schwer zu bändigen
Schwer in meinem Element bin ich –
Schwer nur zu sänftigen!

Manchmal befinde ich mich
Im Strom des Flusses!
Dann heißt es;
„Schreibe um dein Leben"
Beim Fall des Startschusses!

An Tagen so wie heute
Da schreiben sich die Texte,
wie ganz von allein!
So viel Traum und Energie –
Will geteilt, will verbreitet doch sein!

In allem was endet/Neuanfang

So tief gesunken wie bisher –
Bin ich noch nie!
Freudefunken werden sprühen,
wenn ich wieder in die Lüfte zieh'

Ich stehe mit den Füßen im Schlamm!
In der Tiefe des Matsches stecke ich fest!
Mein Blick gerichtet in die Sterne, ich balle die
Faust, schlage mit meinen Flügeln –
Ich finde zurück zu meiner eigenen Stärke!

Wenn du erst einmal im Dreck badest
Und auch mit den Ratten tanzt –
Immer dann fällt dir das Aufstehen leichter
Weil, du ja nun weißt, dass du es kannst!

Das Leben machte müde!
Die Lebensfreude spüren war schwerer!
Das war leben wie auf aufklaffenden,
messerscharfen Schneiden einer Schere!

Nach jedem Berg abwärts –
Geht's auch wieder den Berg rauf!
Habe ich keinen Kompass zur Hand –
Schaue ich auf den Sternenverlauf!

Tränen wurden Steine, die Scherenschneiden
wurden immer schärfer, die Zeit auch härter!
Eingekesselt, eingepfercht –
Wie einem verdammten Müllcontainer!

Ein Leben zwischen Pfandflaschen und
All den bunten Alu-Dosen,
während andere ihre Bilder, schön und fein im
Status doch bei Insta posten!

Mit all dem Kummer –
Jeden Morgen
Und dem anhaltenden Hunger –
Voller Abendsorgen!

Und es kommen die Tage –
An denen meine Flügel wieder fliegen!
Wo ich diese harte Niederlage –
Erst richtig zu schätzen liebe!

Ich habe mir die Flossen
Und die Seele verbrannt!
Im Untergang dich doch,
meinen Neuanfang fand!

Nichts ist für immer! Auch kein Niedergang!
In allem was endet, findet sich der Neuanfang!

Auseinanderfall

Ein neuer Tag
Erfüllt mit Sonnenschein
Lass doch bitte die Traurigkeit –
Mal in Ruhe sein!

Ein kleiner schmaler Lichtspalt
Zwischen –
Lebenslicht und Lebensschicht
Erscheine ich als Lichtgestalt!?

Lichtgestalt
Lichtspalt
Ich inmitten vom
-Auseinanderfall-

In mir der Dichter und Denker
Er will reden, will schreiben –
Er will leben!

Ich die Person und der Mensch
Er leidet, ist traurig, ist depressiv
Von Kummer und Sorgen, stetig umgeben!

Auf Tour

Hoffnung und Trauer, Freude und Glück –
Liegen so oft nah beieinander
Kein so weit entferntes Stück!

Jedes Lächeln doch auch ein Tränchen trübt
Wer immer im Leben zu sich ehrlich ist,
der sich niemals betrügt!

Doch haben wir nicht alle;
Fassaden, Maskeraden!?
Schubladen, Rollladen!?
Ein Skript, und einen roten Faden!?
Manchmal sind wir Tauchsieder
Schau- und Auswechselspieler!
Komparse, Inkognito, Nebenfigur
Mal auf der Überholspur, mal am Wegesrand
Aber stetig und immer auf Tour!

Ob, ganz still im kleinen Kreis oder
„Auf in die große Runde" –
Manchmal „Last Minute" in allerletzter
Sekunde!
Immer direkt!? Ehrlich gar sehr!?
Gelegentlich hart – aber stets immer fair!?

Ungerade

1: Noch 25 Minuten –
Vom ersten bis zum fünften Schreibblock!
Des einen Ende neuen Anfangs –
Reim-Laune, ich habe „Schreib-Bock"!

2: Zweite Etage –
Elegant und auch treffend
Es sind stillschweigende Worte –
Flüsternd am Sprechen!

3: Die Zeit stoppt nicht!
Runde 3 – Pilot on Tour!
Im künstlerischen Sinn dichte ich –
Eine Form von Literatur!

4: Die Vier gewinnt!
Die Spinne ihren Faden spinnt!
Ich ballere Reime –
So wie ein Stapel voller Ziegelsteine!

5: Diese Zahl ist ungerade!
3:2 oder 2:3 zu 1:4 oder 4:1
Wie ich auch die Buchstaben
zusammentrage, die 5 – keine Frage,
sie bleibt eine Ungerade!

Kapitel 3: Das Beste zum Schluss!?

Das Beste zum Schluss!?
Um am Leben zu bleiben

Für Jedermann/Jedefrau
Trommeln und Sound

Abschied
Ende – Bevor es erst beginnt!

Neues Federzeichen
Für mein Kind

U.V.Ö
2 0 2 2

Ein letztes Mal ~Entgegen der Zeit~
Das Beste dann wohl zum Schluss!

Das Beste zum Schluss!?

Ist es ein Irrglaube!?
Ist es mehr ein Trugschluss!?
Wer sagt eigentlich –
„Das Beste kommt zum Schluss"!?

Wonach wird das Beste –
Denn überhaupt bemessen!?
Und im Vergleich dessen –
Wird anderes Bestes, schlicht vergessen!?

Sag mir also; Wessen ermessen –
Ist es zu messen um das Beste,
nun vollkommen in richtiger Weise
final doch zu bemessen!?

Während du also nachdenkst
Den Fokus aufs Denken lenkst –
Bitte währenddessen nicht die Frage:
Nach dem Ermessen vergessen!

Auch ich stelle mir die Frage
Eine Antwort – finde ich keine klare!?
So viel Erlebtes ist doch, - Erste Sahne -
Also berechtigt ist da meine Frage!?

Ich habe Herzschmerz –
Der mich zurzeit auseinanderreißt!
Ein Gedanke der mir spricht;
„Dass ich mal die Zähne zusammenbeiß"!

Das Herz brennt und weint!
Der Geist springt im Dreieck und reimt!
Seele, sie fühlt und unterbindet Tränenfluss!
Oh, ich wünsche, ja ich sehne mich aufs;
DAS BESTE KOMMT ZUM SCHLUSS!

Mein Herz es schmerzt!
In mir schreit alles vor Traurigkeit!
Der Kanal der Tränen ist dicht!
DAS BESTE KOMMT ZUM SCHLUSS!?

Es ist meine Art, mehr Trauergedicht!
Was kommt, was geht, was bleibt!? –
DAS BESTE ZUM SCHLUSS!
DAS BESTE – BITTE FÜR ALLE ZEIT!

Um am Leben zu bleiben

Kennst du die Momente – Wo du glaubst;
Dein Herz zerspringt jeden Moment!?
Kennst du das, wenn die Seele ein Gefühl
trägt, als ob sie gerade jetzt Feuer fängt!?

Kennst du diese –
Höhenflüge mit den verbundenen –
rapiden Abstürzen!?
Wir stürzen kopfüber in die Nacht hinein
Seele fängt Feuer, Herz steht in Flammen
So entzündlich kann das Leben sein!?

Ich würde gerade jetzt gerne Bühnen abreißen!
Doch man bietet mir keine Fläche!
Also muss ich wieder Seiten beschreiben,
um am Leben zu bleiben!
Es ist ein Sommerabend! Es ist noch hell am
Himmel!
Es bleibt noch eine Menge Zeit, um wieder zu
beginnen!?

So schreibe ich wieder hier, zu sagen doch so
viel in aller Einsamkeit!
Gebt mir doch bitte eine Bühne – ich gehe
weiter ~ENTGEGEN DER ZEIT~

Für Jedermann/Jedefrau

Dies hier ist ein weiteres Buch
Für Jedermann und Jedefrau
Für die, die meine Texte mögen und lesen
Denen meine Zeilen gefallen –

Sogar diesmal mit individuellem Cover
Falls jenen meine nicht gefallen –
Für Jedermann/Jedefrau, für dich, mich
Für keine und für alle!

Hier ist mal was gewerkelt
Wo auch mitgewerkelt werden kann
Jedermann/Jedefrau so gut –
Wie er/sie will und auch kann 😊

Am Ende des Buches, schon mal als Hinweis
Da befinden sich ein paar leere Seiten
Für die Reime von Jedermann/Jederfrau –
Für die privaten und eigenen Zeilen…

Das Buch wird etwas individuell
Einzigartig, ein Unikat!
Dies ist eine Kunst, die steht und bleibt
Es ist auch für euch, euer eigenes Fabrikat

Trommeln und Sound

Trommeln und Sound –
Trommeln und Sound!
Fester, tiefer – härter, stärker
Intensiver darauf haun'

Räume die entstehen
Aus den Träumen etwas baun'
Schöner als je zuvor, pack an! pack an!
Lass ihn wahrwerden, deinen Traum!

Trommeln und Sound –
Trommeln und Sound!
Es wird der Bogen gespannt –
hast du den Bogen erst raus!

Alles was du tust und versuchst
Zweifel verstummt, deine Lunge sie pumpt!
Schreibe um dein Leben, los alles geben!
Ziele setzen, Ergebnisse zeigen –
Nicht mehr; „Nur drüber reden"!

Wird ein Traum erstmal wahr –
Gibst du keine Träume mehr auf!
Pack an! Pack an! Lass ihn jetzt wahrwerden,
deinen Traum!

Abschied

Jede Seite meiner Bücher –
Sind wie 1000 Tränen
Viel Gepäck, viel Last zu tragen
Es ließ mich alles stärker werden!

Alles was beginnt, so ist es wie es ist –
Dies wird einmal enden
Für mich ist es an der Zeit –
Mein Sammelwerk, Tagebuch-Legende!
Schmerzen sind fühlbar
Doch auch wirke ich wie befreit!
Es war mein Trost, mein Pflaster!
Schreibtherapie; Entgegen der Zeit

Doch habe ich endlich Lust auf Neues!
Werde am Schreiben bleiben, keine Frage!
Ein Autor lebt von seinem Lebenswerk –
Bis ans Ende seiner Tage!
Ich schreibe weiter – keine Frage!
Doch ich verrate keine Details –
So viel Infos zur neuen Inhaltsangabe!

Entgegen der Zeit –
Ich werde dich in Ehren halten!
Verinnerlicht bist du mir wahr –
Hast geholfen mein Leben zu gestalten!

Ende – Bevor es erst beginnt!

Mein Sammelwerk findet sein Ende
Doch das Ganze nun erst beginnt
Der Dichter hat sein Werk verfasst –
Welches er nun unter „seine Leute" bringt

Mit dem letzten Buch der Reihe,
da gehen Gedanken und Träume –
auf eine lange Reise,
Grüße und Zauber, gesendet ganz leise!

Jetzt geht die Zeit der „großen Bühnen" los
Viel Arbeit vor mir –
Die kleinen Gedichte aber, sie werden
endlich alle mal groß!

Dieses Ende wird ein Neuanfang!
Vorbereitung läuft zur 1. Seite an!
Alte Wege, neue Gebäude
Ziel bleibt Ziel, damals sowie heute!

Ende – Erlösung – Befreiung!?
Das war's auf jeden Fall!
Eines Tages ist alles mal Geschichte!
Anstatt leiser Schritte, gehen mit einem Knall

Neues Federzeichen

Die Schule stellte früh schon –
Mir meine Weichen!
Ich bleibe bei Füller und Tinte
Schreibe nur unter neuem Federzeichen!

Aufgeregt und auch gespannt –
So blicke ich auf den neuen Anfang
Im Schreiben ich mein; -
Zuhause doch fand!

Flügel in Flammen
Sonnenstrahlen, Segel setzen
In herrlich warmen Sommerzeiten,
da entsteht mein neues Federzeichen!

Aufbruch, Neuland entdecken
Leben, lass die Sonne scheinen!
Manches ging verloren –
Neues blüht auf im Federzeichen!

Für mein Kind

Ich möchte –
Nichts versprechen!
Denn Versprechen werden leicht –
Und auch oft doch vergessen!

Ich würde gerne weg von –
All meinen depressiven Zeilen!
Doch vielleicht haben diese, bereits
Menschen geholfen und waren Wunden am
Heilen!?
Ich werde es wohl nie erfahren!
Bleibt mir nur diese Texte in meinen
Büchern doch zu teilen!?

Ich würde so gerne doch für dich –
Ein lebensfröhlicher Mensch werden
Möchte dich gern tragen über alle, auch
meine Wege – sie bedeckt sind mit so
manchen Scherben!

Ich möchte von Herzen gern –
Dass du glücklich bist und bleibst!
Ich denke oft über meine Bücher nach,
wollte doch, dass du nichts von meinem
Leiden jemals weißt!

Doch leider ist das Leben –
Nicht immer nur bunt und schön!
Und meine Art ist es einfach nicht,
hier Märchen zu erzählen!

Ich liebe dich!
Und dies wird auch für immer so sein!
2022, ändere ich mein Schreiben!
Mein ganzer Versuch, er gilt dir allein!

Ich liebe dich!

U.V.Ö.

Das Wichtigste bei allem was man auch –
Versucht und tut,
niemals vergessen wo man herkommt,
Haus und Hut!

DANKESCHÖN! AN ALLE MENSCHEN!
Alle die mich begleiten, begleitet haben!
An die Lesenden, an die Verstandenen –
Ihr alle, die gelesen habt aus meinen
Lebenslagen!

Dies ist noch unter U.V.Ö.
Doch jetzt wird es öffentlich!
DANKE! Ein fettes DANKESCHÖN
AN ALLE!!!

~Entgegen der Zeit~
Wäre nicht geworden, wie es ist
Ohne Menschen, die es beeinflusst haben
Teilweise mit in Texten verankert sind
Die Guten und auch –
Ob sie oder ich es wollte, oder nicht –
Auch die Schlechten!

Danke Leben! Danke für die Momente
Für meine Geschichte!
So konnte ich schreiben, so konnte ich
werden, ich liebe die Literatur, Musik –
Jede Art der Gedichte!

Unveröffentlicht –
Doch jetzt geht's raus an dich!
An dich!
An dich!
Und an dich!
An euch alle!

FÜR EUCH ALLE!
NOCHMALS – 1000-DANK!!!

2022

Alles ausgerichtet, alles steht auf –
„Neues Federzeichen"
Ich bleibe am Schreiben, neuer Inhalt,
er lebt von neuen Zeilen!

2022 – Das Ende von;
~2 Sterne, Feder, Neunzehn
Sechsundachtzig~
Ich verfasste RAP, SLAP. ROCK,
Liedermacher
Worte flossen reichlich und fleißig
15 Jahre, nun bin ich fünfunddreißig!

2022 – Neues beginnt
Wo, alles was war – sein Ende findet!
Im Sternzeichen des neuen Jahres –
15 Jahre Chronik! Das war es!

„LEDGENDiARY" in memory
Twothousandandsix
Geschenkt im Leben,
bekam ich nix!
Ich will kein Gold, mir steht es auch nicht!

Ich will einfach schreiben, weil es mein
Leben ist!

Ein letztes Mal
~Entgegen der Zeit~

Ein letztes Buch in dieser Reihe
Eine lange Zeit liegt zurück!
Momente voller Trauer, voller Leid –
Tränenreich, auch bestückt mit Glück

Entgegen der Zeit –
Meines Lebens Sammelwerk
2006 – 2021 Dichtkunst
Verfasste Seiten, nimmt mir niemand weg!

Manch eine schwere Station
Tiefer Absturz, Aufstand – DEpression
Doch auch Lyrik, Motivation, Gedichte
Alles Verfasste, Teil meiner Geschichte!

Berufliche Erzählungen, Zeitarbeit!
Billiglohn, Sklaventreiberei!
2 Berufe, 2 Ausbildungen, Neustart!
Entgegen der Zeit – im 15. Jahr!

Rotz und auch Wasser geheult!
Viel Wasser floss die Berge herunter!

Oft lag ich schon im Dreck!
Doch verdammt! Ich glaube an Wunder!

Das Beste dann wohl zum Schluss

Liebe Leserinnen und liebe Leser,

schreiben Sie ihren Lieblingstext, aus der Sammlung all meiner Bücher hier hinein…

Kapitel 4: Eigene Lyrik

Individuell, persönlich – Unikat –

Text 1
Text 2

Text 3
Text 4

Text 5
Text 6

Text 7
Text 8

Text 9
Text 10

Titel 1:

Text:

Titel 2:

Text:

Titel 3:

Text:

Titel 4:

Text:

Titel 5:

Text:

Titel 6:

Text:

Titel 7:

Text:

Titel 8:

Text:

Titel 9:

Text:

Titel 10:

Text:

Kapitel 5: Bonus-Material: Federsprache

Revue
Kostbare Augenblicke: Teil 1

Ungelöste Fragen?
Kostbare Augenblicke: Teil 2

Schaukel
Kostbare Augenblicke: Teil 3

Bewusster Moment
Sternenreise

4x4
Federsprache

Revue

Ich erinnere mich zurück dran
Flashback ins Jahr 2006 man!
Fahrschule, Fahrstunden
Fahrprüfung, „Lappen" bekommen

Viele Straßen befahren
Mache Wege angereist
Nach und nach begriffen –
Was Leben zu leben, überhaupt heißt!

Es geschieht gerade –
Revue
Dies habe ich geträumt –
Deja Vu!

In mein Leben trat die Musik –
Mit Richtung und Auswahl
Ich fand mein Zuhause im Schreiben,
Glück oder Schicksal!?

Bestimmung oder nicht
Zufrieden sein
Was ich mir im Leben wirklich
wünsche, ich hoffe es erfüllt sich!

Kostbare Augenblicke: Teil 1

Kostbare Augenblicke unseres Lebens...

Glück

Ich war dumm und naiv, suchte das Glück ständig irgendwo da draußen! Doch es ist schon so lange vorhanden. Es blüht in der Länge unserer Lebenszeit. Denn es bewohnt unser Herz und verteilt sich in unseren Gedanken und auf unserer Seele. Es fühlt sich gar an, wie eine Ewigkeit!

Missempfinden

Missempfinden entsteht durch stetige Vergleiche, die wir ziehen! Ob im Vergleich mit Menschen, Fähigkeiten oder Besitz! Sei glücklich mit dem was du hast und bist – schätze und sei dankbar über das, wie du geliebt wirst-

Ungelöste Fragen?

Warum leben wir?
Um glücklich zu sein!

Was geschieht nach dem Tod?
Wir verlassen den Ort #Erde#

Was ist Freitag der 13.?
Ein Wochentag!

Warum sterben wir?
Weil unsere Lebenszeit begrenzt ist!

Warum gibt es Kriege?
Weil es Menschen gibt, die den
Lebenssinn (zer)stören!

Warum haben wir Hunger?
Weil wir Nahrung brauchen!

Kostbare Augenblicke: Teil 2

Zeit

Zeit ist wertvoll, Zeit bestimmt unser Leben. Es liegt in unserem Ermessen, mit welchem Verhalten, mit welchen Gedanken wir diese Kostbarkeit gestallten!
Äußere Einflüsse sind oft Faktoren, die unser Gleichgewicht ins Wanken bringen können! Die eigene Mitte finden, das Zentrum der Gelassenheit ist unser Schlüssel zur Wertschätzung und zur Erfüllung der Freude unserer Zeit!

Stolz
Stolz, ist für mich ein Begriff, so groß, welchen ich für mein Leben nicht so gern verwenden mag! Stolz!? Worauf kann ich stolz sein!? Glücklich über manche Begebenheit, zufrieden mit manch einem Ergebnis! Aber stolz sein!?

Stolz, wenn das eigene Kind groß wird
und wächst. Und die Werte lernt
wertzuschätzen, die man gibt –
welche einem selbst gut tun!

… sollten wir schätzen und genießen,
jeden einzelnen Augenblick!

Schaukel

Wenn das Leben bedrückt
Die Welt sich zu schnell dreht –
Dann gönne ich mir,
einen Moment lang Kindesglück!

Ich setze mich auf die Schaukel
Schwinge auf ihr, hin und her!
All die schwere Last wird leichter!
Ach, wäre das ganze Leben doch nur –
Einfach eine:

Schaukel

Kostbare Augenblicke: Teil 3

Schönheit

Schönheit allein, liegt nicht nur im Auge eines Betrachters, sondern Schönheit ist auch fühlbar! Momente in denen es uns gut geht und wir Wohlbefinden verspüren ist auch Schönheit. Es ist die Schönheit, welche der Moment, unserer Seele schenkt!

Bewusster Moment

Was nehme ich wahr?
Was ist fühlbar?
Welche Gedanken kreisen?
Was kann ich ergreifen?

Kann ich Luftschlösser bauen?
Kann ich sehen und staunen?
Nehme ich einfach, nur gerade da –
Jetzt im Moment meine Atmung wahr?

Malen sich Bilder im Kopf?
Was ist nah und was ist fern?
Esse ich aus dem Teller oder Topf?
Mag ich Sonne oder Stern?

Ich lebe jetzt!
Ich fühle jetzt! – Ich amte jetzt!
Ich nehme bewusst,
diesem Moment wahr!

Ich träume in Gedanken
Öffne meine Augen
Trage ein Lächeln im Gesicht
Frage mich, wo ich gerade doch war?

Sternenreise

Ich begebe mich auf meine
Intensive Sternenreise
Weit entfernt und weg, von allem
Übel, Dreck und Scheiße!

Wandere durch meine Gedanken
Auf meinen feinen Seelenwegen
Alles was ich will und fühle
Nicht reden, nur mein Leben leben!

Sternenreise durch die Tiefe meines
Seins!
Hier fühle ich mich wohl, will hier
bleiben, Umgebung meines Heims!

Hier atme ich ruhig und sanft
Im Rhythmus mit dem Leben
Frei von Stress, Fucking-Downs
Und von allem was die Leute reden!

Sternenreise, mehr davon und immer
intensiver, ja – ich bitte sehr!
Im Rausch des Lebens Glück, ich lebe
Sag mir, was will ich denn noch mehr?

4x4

4x4, Allrad und Off-Road!
Sorgen verschwinden im Zaubertrick!
Ich reiße mich los, mach mich auf den
Weg, frei sein ohne alles – Roadtrip!

Wo alles geht, aber nix muss –
Da will ich bleiben, bis zum Schluss!
Straße des Lebens, 4 Räder und ich
Traum der Freiheit, jede Nacht
träume ich dich!

Sachen packen, Sachen sammeln –
Sachen allesamt zurücklassen!
Nur das Wichtigste mit dabei, on Bord
Los geht's von hier, bis zu weit fort!

Der Wind singt die Lieder
Ich komme nicht zurück, nie wieder!
Freiheit, grenzenlose Freiheit hinterm
Horizont –
Mein Leben ohne Schatten, Tag und
Nacht ist und bleibt, meine Seele
besonnen!

Federsprache

In Federsprache schreiben
Mit aller seelischen Leichtigkeit
Weit entfernt von menschlichen
Gefängnissen dieser Zeit!

Kein System, keine Kassen mit Zahlen
Nur Buchstaben wenden und drehen!
Leicht wie die Feder, so spricht die
Sprache, dies sind meine Lebenstage!

Und so findet am Ende dieser Reihe –
Von ~ENTGEGEN DER ZEIT~
Ich falte die Hände, im letzten Text
doch noch sein glückliches Ende!

Vielen Dank an das Leben und alle
Lesenden Leute!
Verschiebe das Glück nicht auf
Morgen, sondern lebe es heute!

15 lange Jahre mit gemischten
Gefühlen, jene Texte geschrieben
Um am Ende mich zu fragen –
„Christian, was ist alles geblieben"!?

Christian Hofman, geb. 5.3.1986 in Biedenkopf bei Marburg.

Er lebt in der Stadt Marburg an der Lahn. In dieser Stadt, fand im Jahr 2006 sein literarisches Sammelwerk seinen Ursprung.

Er veröffentlichte Texte, Schriftstücke aus ~allen Lebenslagen~

Träume/Ziele/Motivation
Trauer/Zweifel/Angst/Depression
Kindertexte
Liedermachertexte
Songtexte
Erzählungen
Politik & Wirtschaft
Zeitarbeit (Sklavendienst)
Satire/Kabarett/Klamauk
Gesellschaftskritik
Kurzgeschichten
Gedichte/Zitate/Poesie

Checkliste seiner Bücher

Entgegen der Zeit-Reihe:

Aus allen Lebenslagen	Buch 1
Aus allen Lebenslagen 2	Buch 2
Entgegen der Zeit	Buch 3
Live aus`m Leben	Buch 4
Aus Liebe zur Sprache	Buch 5
Poetry Slam	Buch 6
Im Jetzt gegen das Nie	Buch 7
Lobland	Buch 8
RAP'N'SLAP	Buch 9
Licht ins Land	Buch 10
Gedankenmomente	Buch 11
Neue Epoche	Buch 12
Texte für die Zukunft	Buch 13
Straßengold	Buch 14
Nur der Glaube überdauert	Buch 15
MOSAIK	Buch 16
Depressive können witzig sein	Buch 17
Sonderband 1	Buch 18
Sonderband 2	Buch 19
Sonderband 3	Buch 20

Entgegen der Zeit: außer der Reihe

Bildgalerie

Aus dem Original Textstück:
„DAS BESTE ZUM SCHLUSS"

SORTIERUNG DER TEXTE IN DIE
JEWEILIGE KAPITELAUSWAHL…

ALTERNATIVES FEDERLOGO ZUM
LETZTEN BUCH DER

~ENTGEGEN DER ZEIT~ REIHE…

„NEUES FEDERZEICHEN"

CHRISTIAN HOFMANN,
AUTORENPORTRAIT

Marburg, im Sommer 2021